歌集 春鐘

仙田由美子

青磁社

序

前川　斎子

このたび第一歌集『春鐘』を上梓されることになった奈良歌会の仙田由美子さんに心よりお祝いを申し上げます。仙田さんは婚家の奈良町を生活の場とされてから、町のいたるところで古代や中世の残欠がぬっと顔を出す光景に屢々遭遇し歴史的好奇心を駆り立てられたことでしょう。お子さまたちの巣立ちを契機に京都の佛教大学で歴史を学び学芸員の資格を得て、奈良国立博物館の解説ボランティア、奈良市埋蔵文化財調査センターのボランティア活動に参加されていたようです。時を同じくして短歌の創作を始められ、二〇一〇年に「日本歌人」に入会されたとうかがっています。

正倉院の瓦にありぬ血の通ふごとき工人の太き指痕
山ひらかれし青き草生の塚に差すひかりまぶしもキトラの古墳
この朽ちし切株のごと〈左府《さふ》の森〉のはなしを忘れてゐむ今の世は
小塔院の暗き樹の奥にどつと見ゆる赤き提灯盆のあやかし
ひとかけらの埴輪を洗ふに零れ立つ遙けき時代《とき》の土の匂ひよ

欠けし埴輪を素手に洗へば遠き世のこの土塊《つちくれ》をつかみし手の顕つ

大和の歴史の残像が色濃く日常の空間に影を落とし、作者の学究心と想像力を刺激し重層的な作風に仕上がっている作品を拾ってみました。こういう作品を読むと、志賀直哉の「兎に角、奈良は美しい所だ。……名画の残欠が美しいやうに美しい※」と十三年在住した奈良を離れるとき記したことばがふと、浮かんできて仙田さんの歌作りは、その欠けた部分を無意識のうちに補完し埋める作業のように思えてくるのです。その奈良への思いのこもったこの集の魅力は、なんと言っても、タイトルの『春鐘』に象徴される、春待つ心を詠んだ歌だろうと思います。

いつしかに春は来しかな髪濯《すす》ぐわが背の寒さやはらぐ夕べ

春日講頭屋《しゅんにちかうたうや》の床《とこ》に灯の入れば春日の神は春呼びたまふ

桜草植ゑ替へせむと凍てし土さくさくくづす春待つこころに

低気圧通る夜の更け戸袋を軽く打ちゆく春の風あり

満開のミモザの花の眩しけれわが裡《うち》に来てきざむ春時計
　太古の海に魚なりし日よしつとりと降る春の雨につつまれ睡る

一首目の巻頭歌に代表されるこれらの歌は、春の湿り気を帯びた温もりが萌す移ろいに、春の到来を鋭敏に感じとり、嘉する作者のやわらかな感性が申し分なく発揮され、情緒ゆたかに詠み込まれています。さらに

今しばしと読みふけゐたる本を閉づ窓に夕鐘の音入りくれば
裏の寺の若き僧つく除夜の鐘すがしと聞きつつ睡りにおちぬ
雨の街わたる春鐘《しゆんしよう》ふともいま千年前の音を聞くかな
太く長き数珠われらの輪は回しゆく正午の鐘の遠わたりきて
晨朝の鐘の音聞こゆ冬の夜に清められたる冷気を裂《さ》きて
春の夜に雨戸を鳴らし風渡る樹々のたましひ蠢《うごめ》きゐるか

こうした生活の場にさりげなく入り込んでくる鐘の声に、耳をすまし促され時の流れに即した歌は風景と溶け合って、じつに味わい深くこころに響きます。しめやかに降る雨のなか耳を澄ませば街の喧騒が遠のき、春の鐘は作者を千年前に連れ去ってくれる秘鑰なのでしょうか。耳を澄ますとは畢竟、こころを澄ますことだという作者の真情はこの歌集のうちから聞こえて来るようです。さいごに永福門院の歌風を思わせて美しい一首を記して筆を擱きます。

梅雨明けの春日の杜《もり》は湿りゐて遠鳴く蟬のまだよわき声

※『まほろばの国を尋ねて』(日本随筆紀行第18巻) 作品社刊

春鐘＊目次

V　鴟　尾

Ⅶ　夢　殿

跋　仲つとむ　

仙田由美子歌集

春　鐘

Ⅰ
春

春

いつしかに春は来しかな髪濯《すす》ぐわが背の寒さやはらぐ夕べ

磐之媛命陵

はろばろと葛城の山見ゆる日よ佐紀丘の媛郷里《ひめさと》恋ふらむか

興福寺東金堂にて

白壁に影わらわらと崩しつつ追はれ逃げゆく追儺の夜の鬼

裸木の木末《こぬれ》ほのぼの芽吹きそめ柳生《やぎふ》の里の春山うるむ

うす闇の土間に下がれるかき餅のあはく明りて雛の日近し

疎開にて荷のぼんぼりの拉《ひしや》げしとそと雛飾る母の繰り言

みづみづと針まで緑深くなる枳殻《からたち》はけふ白き花群《はなむら》

興福寺五重塔前

天平の石燈籠の基台ありてほがらほがらと遠世の気を展《の》ぶ

はなむぐり生きる力を全開にぐりぐりぐいと黄の蕊の奥

はつなつの精のごとくに納曾利《なそり》舞ふ氷室の斎庭《ゆには》さみどり映えて

羽化をする蟬の気配かひそやかに夜更けの庭の闇の息づく

春日若宮おん祭り
春日大社の摂社である若宮神社の祭礼で、平安時代以来大和国一国を挙げて行われて来た。お旅所に遷座された若宮神の前で田楽・舞楽・猿楽などの芸能が行われる。

春日《かすが》なる森の闇より「おうおう」と声してまつりの神のあらはる

つづれさせ蟋蟀《こほろぎ》の声冴えくれば風呂の温度を一度あげたり

顔見世の襲名披露の海老蔵に睨んでもらひ邪気払ひせむ

シルクロード

キジルなる石窟暗きに女神らの豊けき乳房艶やかに見ゆ

観世音と訳せし僧ゆゑ魅《ひ》かれたる鳩摩羅什《くまらじふ》の像忘れかねつも

カシュガルの大バザールの人込みに陽の匂ひする干し葡萄食ぶ

乳色の空は白き陽を呑み暮れゆかむ南疆《なんきやう》鉄道ひた走るなり

乳の香

やはらかき冬陽差す日をふくふくと鹿うづくまる落葉の上に

やはらかに生命《いのち》流るるごとくにて触れがたきなり鹿の袋角《ふくろ》

硝子越しに赤子の泣く声聞えきて真新《まさら》なたましひ揺れはじめたり

赤子抱きし我へ着《つ》きたる乳の香を愛《を》しと嗅ぎをり夜の列車に

雨止みし春日野靄立つ夕べなり街に焙じ茶買ひて帰らむ

夏帽子こころ弾ませ選びゐるめぐりに何か始まりさうで

三番目の孫のため古き消防車とりだし磨く蟬鳴く午後を

正倉院展

ぢいちやんに似てゐると子に言はれをる伎楽の面は酔ひて目を伏す

良きことも悪しきもすべて身の内にぐいつと太き藤三娘《とうさんぢやう》の文字

みんなみの父母《ちちはは》恋し正倉の椰子《やし》の実の口叫ぶごと開《あ》く

フィンランドの旅

長男滞在中に

暮れなづむフィンランドの街の空アパルトメントの窓に見てゐる

ブラインド上《あ》ぐれば夜の雨に濡れ煉瓦の壁の濃き赤茶色

古びゐし木のエレベーター厚きドアぐいつと手に開け昇る驚き

オペラ座の退《ひ》けば雨にて街灯の煙れる夜の街へ出でゆく

占領の呪縛の解けぬ首相府前ロシア皇帝の石碑《いしぶみ》のあり

街に立ち募金をつのる女性兵その手に武器摯《と》り国守るべし

中庭を隔てて見ゆる屋根裏の小さき窓にアンネ想へり

サンポはカレワラ（フィンランドの叙事詩）にある打ち出の小槌

この国の始まり詠ふカレワラの一片見つけぬサンポ銀行

エストニアへ

灰色の雲ひくく垂るるバルト海舳先《へさき》のバーにもたれ渡れり

II 海彼

海彼

〈海彼《かいひ》〉とは海の彼岸の意もあらむ遣唐使幾百人死にき

梅雨ごもる池の底ひを泥まきあげ褐色の鯉深き息せり

波よするごと蟬鳴けばをさな日の遊びほうけし海につながる

法師蟬鳴ける盆明け少年の入りそめたりし変声期のころ

来ぬ秋を呼び寄せをるかつづれさせ蟋蟀《こほろぎ》の声口調の早き

ライト受け影に影おく金剛力士今の世の闇に眼《め》見開きをり

すこやかにとほりやんせ少女遊びゐて帰らなむ天神社の夕道

今まさに出土せし櫃《ひつ》手触れなば恋のやつこがわれに憑《つ》くかも

春日講は春日曼荼羅を本尊とし春日明神の神徳を讃える法会を行い最後に酒宴がある。
今も奈良市の旧市街（奈良町）などで続いている。

春日講頭屋《しゅんにちかうたうや》の床《とこ》に灯の入れば春日の神は春呼びたまふ

緑なす杉の秀《ほ》を組みて作りゆく頭屋の宮に春立つにほひ

文楽の年の始めに投げくれし手拭を見れば万歳の舞ふ

歌留多読む母の艶よく透きし声正月なればまぼろしに聴く

大阪の女学生読みし百人一首の節《ふし》を母はわれに伝へくれき

曹操の墓

乾きたる黄土《わうど》平原ゆきゆけば麦の若芽の畑かぎりなし

千年も座しゐるごとく動かざる老爺をり黄土まみれの家のまへ

七十二の偽塚《ぎちょう》つくりし三国志曹操いにしへ尋常ならず

発見の曹操の墓盗掘の穴のすさまじ鵲《かささぎ》よぎる

英雄の幾千の戦語《いくさ》らむかむかしどりとふ鵲の来《こ》よ

ミヤサ模型店

息子《こ》通ひしミヤサ模型店灯《ひ》の下の老婆が椅子に溶けるごと座す

思春期の君かと思ふ青梅を洗へばごつごつ堅き塊《くわい》触れ

髪切りてかろく下《くだ》りぬ枳殻《からたち》の針やはらかきさみどりの坂

旧き街の畳屋の前通るとき藺草《ゐぐさ》のにほふ秋ふかき日よ

無著・世親立像は興福寺北円堂所在。四～五世紀のインド僧で唯識《ゆいしき》思想について、兄の無著は教理的基礎を、弟の世親が組織を大成したといわれる。運慶の指導のもとに造られた。

老壮を哀しきほどに彫りわけし無著《むぢやく》世親《せしん》の背《せな》にしぐれ来

鏑木正雄先生

わが問へば『捜神』の良しと言はれける師の笑顔顕つ歌にはげまむ

鬼隠山《きおんやま》隠れし鬼のまどひ出で桜花に倦《う》めることよひのまなこ

てかてかと赤銅《あかがね》色の角光るさ牡鹿の森夏のまほらぞ

真昼間の野歩きにわれ隙《すき》ありてぬすびとはぎの命あづかる

「右かすが」石のしるべの真日に焦げとほき昔を気怠《けだる》く吐きをり

厳島汐満ちくれば渡海屋《とかいや》の知盛あらはるるごとき夕べ

まなうらにきらきらうかぶ〈平家納経〉美しきもの悲哀となして

白き狩衣

春日若宮社

にんげんの太古より持つ祈り見ゆ夕神饌《みけ》奉る白き狩衣《かりぎぬ》

奈良国立博物館

子供らがどつと溢るればおもはずも生気はしらす館の仏像

いのちある如くなきごとく女郎蜘蛛風に身の揺る十二月尽

地蔵院川、菩提山川、発志院過ぐわたくしは何処《どこ》へゆくのか

大和にはなにげに眠る王墓あり架けし稲匂ふ稲架《はざ》のむかうに

黄色のクレーン

首長きキリン一匹飼はれゐる建築現場の黄色のクレーン

菖蒲湯のきりきり青き香の立てばおとうと愛《め》でし寡黙な祖父よ

井上皇后まつる祠《ほこら》に棗《なつめ》の実由緒知らねど色づきそめぬ

暗闇の墓地にはじける子らの声肝試しらし町寺の夏

東大寺二月堂下

観音のみ前にあぐる盆踊り十七夜の灯に踊れや踊れ

盆踊り輪のふくらめば幼日のわれの少女が踊らうといふ

薬師寺観月会

日光月光菩薩しづもる大寺の軒端添ひつつ恋ひわたる月

月を待つわが上《へ》の機影機はすでに地球の裏の月を見しかも

寒き日の冬の斜光のつくる影パンタグラフが刈田を進む

かすかなる雨の匂ひのつつみゐる伊豆のほとけは荒荒しくて

願成就院

この土地の気性好もし運慶の蛭ヶ小島に彫りし荒仏

薬師寺勤行《ごんぎやう》

宿坊のそとは星月夜足もとに冷えのたちくる金堂への道

境内の諸仏をめぐる闇なればザクザクと砂利踏む音につきて

東塔の御前に祈るつつがなき修理をいのる僧とわれらは

めぐりゐてはや空青み春日山うす朱に陽のたなびくは美《は》し

冷え込みのきつい朝明《あさけ》よ僧侶らと茶粥すすればほつこりやすけし

いただきし茶粥のあとは一切れのたくあん以て椀をぬぐへり

慈恩会

興福寺にて

鷗外にわれよりわかく死にけると詠まれし尉遅基《うつちき》慈恩会《じおんゑ》の夜

慈恩会につづく竪義《りふぎ》の問答のちやうちやう発止とゆかぬはがゆさ

息白く冬菜をとりて来たる人寒き畑もしんと連れ来も

心臓がパクパクするぜと言ふがごとジギタリスの葉わしわし食ふ虫

習慣《ならひ》にて拝むにあらず参道に手をあはせゐる青き蟷螂

飛ぶ蔵をまてまてと追ふ声せしごといにしへ人の信貴山《しぎさん》絵巻

法力といふはマジカルおもしろし米俵あまた空を飛びをり

大山北壁

雨一夜降りゐしのちの青き空大山《だいせん》北壁カーンと晴れて

甘き香の紫雲英《れんげ》のさそひに山越えてをさな友達訪ひ来ぬわれは

若き日の事故ゆゑからだ不自由にあれど変はらぬおほらかな君

大甕の甘茶を皆で飲みし寺の誕生釈迦仏君まもりませ

Ⅲ　写経生

正倉院展の写経生

いく時間坐りつづけしや酒を請ひ脚のしびれをいやす写経生

脚しびれ胸のいたむをなげきつつ五月一日経の端正な文字

月五日の休暇を請ひし写経生声あげうるはまだ良き職場

正倉院の瓦にありぬ血の通ふごとき工人の太き指痕

風揺らす樫の木下に鹿むれて小気味好き音にどんぐりを喰ふ

山並に霧立つ朝《あした》さ牡鹿の首の荒毛に垂るるしづくよ

餅を「あも」と言ひてゐたるよ菜を売りに来し法隆寺の里の老人《おいひと》

山ひらかれし青き草生の塚に差すひかりまぶしもキトラの古墳

躍動の白虎朱雀の描かれて葬《はふ》りし皇子をだれと知らざり

ゆくりなく古墳に見たる深き闇うつし世の生のなんと明るき

大向う

大向《おほむか》うとふ役者に声をかくる人隣席なれば楽し顔見世

東山トンネルくぐり逢坂山トンネル貫ければ冬の湖待つ

薬師寺

若き僧に抱かるるごとく御身拭ひされる年の瀬日光菩薩

そつと芽を落とさぬやうに剝く慈姑《くわゐ》あたらしき年になにぞ頼まむ

除夜の空に昼見し大楠無きがごと茫茫と大き闇に融けゐる

あかときの淡きひかりに浮かびくる輪注連《わじめ》をかざる新年の井戸

東大寺戒壇堂

戒壇院の石段《いしきだ》のぼれば吹く風にしなひてさやぐ篁の見ゆ

古き戸の風に鳴るみ堂冷えしるしひとり見めぐる四天王像

歳月に何ありけむや四天王もと法華堂に置かれゐしとふ

寒の日が一番よろし毘留博叉《びるばくしゃ》土のほとけの腰の緊《し》まりて

比叡山延暦寺

ケーブルに登る比叡はしろたへの雪の山なりしんと澄みたり

風吹けば杉の秀つ枝の雪飛びて夢幻のごとし雪けむり浴ぶ

小雪まふ比叡坂本老僧の住まへる町の昼をひそけし

石工　峠庄次郎

芽吹きそめし雑木の山のあはあはとかなたにやさし誓多林《せたりん》の路

山深く藪椿咲く神社あり江戸の世に石工《いしく》住みゐたる村

昔を知る人はゐぬとふ村の何処かに石打つ鑿《のみ》のひくき音せり

桜草植ゑ替へせむと凍てし土さくさくくづす春待つこころに

香薬師《かうやくし》の愛らしき手のひらくごと咲きはじめたり白木蓮は

夜の闇に降る雨音を真昼間の楠落葉ふりし音と聞きをり

時来しといつせいに降る楠落葉生《せい》の終りのいさぎよさにて

翳りもつ綿雲いくつもうかぶ空明日は田植ゑをなすと友言ふ

保元平治の乱を生きぬきて大天狗と言はれたりし後白河院

三十三間堂の長き御堂に夜ふかく迦楼羅《かるら》の吹ける笛は響かむ

興福寺南大門前にあった

この朽ちし切株のごと〈左府《さふ》の森〉のはなしを忘れてゐむ今の世は

手負ひの子に門を閉ざしし父あはれ藤原頼長保元の乱の

捥ぎたての陽のにほひ濃きトマト食ぶほつほつとわが裡あかるみて来

早春の大山

春雨にけぶるがごとく残雪より霧立ちはじむ雪融くるらし

暮れてゆく橅《ぶな》林の奥につつどりのひとしきり鳴く人恋ふごとく

芽吹き遅き暗き樹間にこぶし咲く聖なるもののごとき真白さ

雪解けの水清き池に蛙《かへる》鳴くその高き声あんぐわい美声

朝食を終へし登山の一団がてんでに靴紐しめなほす見ゆ

味の良き鯛の兜煮いただきぬ烏ヶ山の夕映え深き

宿の窓に鳴る風の音谿白く朴《ほほ》の蕾はふくらみをらむ

蕗《ふき》の薹の味噌を作りぬ未だ雪厚く残れる大山思ひ

大峰山山上講

縁ありて餅《もち》飯《い》殿《どの》衆の大峰《おほみね》山《さん》山《さん》上《じやう》講《かう》のひとりとなりぬ

この町の箱屋勘兵衛と理源大師の大峰大蛇《をろち》退治伝はる

俗人の入峯《にふぶ》のはじめは勘兵衛と誇りをもてる衆は大峯へ

男らは謹み山上《やま》へ女人われ女人結界門ありて行けず

百螺山《ひやつかひざん》に大師、勘兵衛のみ墓あり谷のぼりくる風の涼しさ

竹似草《たけにぐさ》は真夏の草よそそり立ち風に裏返る葉が陽に白し

町衆と龍泉寺にて護摩を焚く火は聖なるとも妖《け》しきとも見ゆ

山間《やまあひ》の洞川《どろがは》の町ひぐらしの碧き声渡る暮れかた寂し

盆の日

茜雲まだ残る空鳴川の水音立つる暗渠の坂ゆく

小塔院の暗き樹の奥にどつと見ゆる赤き提灯盆のあやかし

猿沢池

池に浮き風うけ揺らぐ提灯にしばし泊《は》てなむ盆の祖《おや》の霊

昼下りご詠歌あぐる鉦の音しづまる町の夏は過ぎゆく

空き家なる町家の奥にいち早く蟋蟀鳴けり夕道ゆけば

かはらけに父母の名書きて灯をともす地蔵盆会の元興寺の庭

道に迷ふ幼な救ひし人のこと地蔵のやうと僧の言ひます

加太の海いまだ明けぬに見ゆる漁火あるは動きてあるは動かぬ

加太の瀬戸エンジン止めし釣舟は潮の流れのままに浮かべる

海のぞむ山の頂にひつそりと旧陸軍の砲台跡あり

Ⅳ　太古の海の魚

東大寺仁王像

南大門の壁抜きさうな運慶の仁王の腕《かひな》の盛り上がる筋肉

見上げゐて仁王のへの字に結ぶ口なんにも言はぬ秋の陽のなか

東京国立博物館《とうはく》に得し運慶の図録見る彼の仏像つまりて重し

鵯《ひよ》鳴けば昔思はるわが庭の無花果《いちじく》の木の冷えし朝の実

雨止むを待ちゐしやうに青松虫の鳴き出づる声寝ね際に聞く

曼珠沙華畦に群れ咲く刈田の上《へ》をひかりとなりて蜻蛉《あきつ》飛びをり

飛鳥川を渡り稔り田を渡り来ていま吹きゐるはいにしへの風

正倉院展

国護る経のつつみはトルファンのむらさき匂ふ葡萄の模様

サマルカンドの三角の斑《ふ》ある牡羊は大和の鹿と苑に憩ひき

参道の春日の杉の木洩れ日に今年生れこし小鹿の走る

「きれいですね」ニュージーランドの人とゐる苑のもみぢ葉陽に透き紅し

御回在

融通念仏宗にて阿弥陀仏は大和の家々まはられたまふ

するするとお軸《ぢく》は開かれ来迎の阿弥陀如来はあらはれ来ます

御回在《ごくわいざい》の阿弥陀如来をわが背《せな》にあて祈りたまふ身体堅固と

こころまで冷えゆく寒さ亡き母の編みくれしセーターもこもこまとふ

除夜の鐘聞かむと庭に降りたれば満ちたる寒月皓皓とあり

初春の朝の窓辺の山茶花《さざんくわ》をめじろら揺らす風きて揺らす

犬の埴輪

奈良国立博物館

やはらかき土の手触りおほらかな犬の埴輪の初春の展示

八百年経《へ》にける馬具の唐鞍《からくら》は威儀正しをり歳の始めを

太古より哀しき獲物振り向ける埴輪の鹿は射者にきづけり

寒き日に『佐美雄全集鳥取抄』ノートに写すつつしみうつす

写しをれば雨降り出でて夕近く霙となりぬ大寒三日目

宇宙人にこの地球大人気らし受賞せし孫の絵送られて来

絵のなかに子の好《よ》きものの詰まりゐて夢はじけをり地球は大事

押小路富小路とふ千年の街に住みなす京人形師は

剣《つるぎ》もち邪気祓ひせむ人形の童《わらは》の怒る眼の清々し

幼くて尼寺に入る姫宮のなぐさとなりき御所人形は

山鳩は雨のちかづく昼を鳴く猫の太郎の死にし日のころ

低気圧通る夜の更け戸袋を軽く打ちゆく春の風あり

満開のミモザの花の眩しけれわが裡《うち》に来てきざむ春時計

十津川

山並に日は没《い》らむとし深谷の底なる十津川あかねに照れり

夕あかりまだ消えなづみうねりつつ流るる水は青く光れる

ぼたん鍋友らと食《た》ぶ冷えまさる山峡の宿にほこほことして

十津川の高き水音聞きにつつ眠る一夜の幸ひにあり

連なれる青杉山に山桜明りてあれば山はやさしも

太古の海の魚

太古の海に魚なりし日よしつとりと降る春の雨につつまれ睡る

枳殻《からたち》は針やはらかに芽吹きそむ虚空蔵祀る寺のぼりきて

境内を抜ける小道は桜色花のをはりの散華つづきて

桜桃を二つ三つ捥ぎ食《た》ぶればをさな日思はる雨降る寺に

寺庭の地《つち》に下りこし雀一羽桜桃の朱実くはへてをりぬ

大楠にかかれる巣にゐる鴉の子風にもまれる葉の渦の中

陽にひかる楠若葉より子鴉の与へられし餌をよろこぶ声す

梅雨の頃

真つ直ぐな街路の向かう春日山霧湧きのぼる梅雨に入りきて

梅雨曇るほの暗き道に明るみて繁りのなかの黄色枇杷の実

家々の庭の景色をなぐさとし骨折の手のリハビリに行く

街なかに濃紺の滝あるごとく西洋朝顔昼光に咲く

いましがた羽化をしたるか柔らかに飛ぶ揚羽蝶雨止みし庭

今しばしと読みふけるたる本を閉づ窓に夕鐘の音入りくれば

茄子焼けば夕べの厨に紺色のにほひ立ち立つ夏は来にけり

率川社《ゐさかは》夏越《なごし》の祓《はら》へにわれは来て水のにほへる茅《ち》の輪をくぐる

柳生円成寺大日如来

青年の緊まりしからだもてる像運慶の若きいのちのひびく

春日大社の杜

梅雨明けの春日の杜《もり》は湿りゐて遠鳴く蟬のまだよわき声

杜のなかほそほそ下る水の流れ落葉の関に澄みし音あぐ

昨年《こぞ》遭ひし鬼やんまかと思ひたり参道を翅光らせよぎる

春日社の〈林檎《りんご》の庭〉に夕ひびく出雲神楽の軽快な楽

活発な神楽の舞によみがへる神話の神々活き活きありしとき

奥の院の夏は終りぬ鬼やんま飛ぶを見ずあのぎよろりとせし眼

秋霖の降りつづく昼松の枝にながくゐる鵯の影のさびしき

三井楽《みみらく》の崎

遣唐使聞きし濤声《たうせい》を秘めてゐる藍ふかき海に向かひ佇む

空海の「辞本涯」の碑文字太く勁きが立てりみみらくの崎

ここよりは日本をはなれ海の道〈好去好来《はやかへりませ》〉いのりの道ぞ

出土せし井真成の墓誌哀し唐土に死にし日本の若者

『吉備大臣入唐絵巻』あり二度行きて帰国をなせし吉備真備《きびのまきび》は

Ⅴ 鴟尾

興福寺中金堂

興福寺中金堂けふ成る天平の空思はせて鴟尾《しび》のかがやく

遠き世が近くにありて興福寺大和の国に永劫にあれ

むかご飯旨くはないがほろほろと昔にかへるなつかしさある

車椅子の老人《おいひと》迎へるおだやかな声聞こゆはや暮れゆく街に

綿菓子

大歳のわが家の井戸につつしみて輪注連《わじめ》を供ふ膾《なます》も添へて

裏の寺の若き僧つく除夜の鐘すがしと聞きつつ睡りにおちぬ

初春の餅焼く匂ひただよへる庭の椿のほつほつと白

ふはふはの夢の詰まりてゐるやうな綿菓子買ひやる子の初詣

坊主めくり坊主引きあて取りためし札《ふだ》渡せぬと子の泣き出でて

お雑煮の小芋うましといふ孫の素朴な味覚に遭ひしさきはひ

初日差し山襞くつきりうかびゐる春日連山大和を抱く

ときをりを庭の山茶花の小枝ゆれメジロ来てをりこころ解けとや

占師

霊異記に載る〈身代りの占師〉わが町ちかく住みゐしとふ

密林より白き女人が呼んでゐる目覚めても未だルソーの「夢」のなか

夜半覚むれば北風わたる音聞こゆ枕辺の灯《ひ》をすこし明るくす

枯れ草のなかいぬふぐりの花咲きぬ春待ついのち涙ぐましも

京都即成院

冷気満つる冬のみ寺の楽菩薩笑ろうておはすわが胸ぬくし

ほそき雨に庭の椿は花びらへ黄の蕊の微塵しづかにこぼす

興福院《こんぶいん》

尼寺は門をぴたりと閉ぢゐたり平城山《ならやま》けぶる雨にうたれて

恋猫の屋根ふむ音のちかづきて寒き夜の間《ま》は猫の領分

沈丁花

沈丁花重くこもれる香のにほふ溜めたる冬の陰鬱吐くか

一本の柳の芽吹くうすみどり春来る音の聞こえくるなり

あかときの鴉ま昼の山鳩の鳴くひとときよこころなごみぬ

全身がすつとかろやかになるここち骨折癒えし両手《もろて》使へば

カウと鳴きあと静かなる巣の鴉もう一眠《ひとねむ》りせむわれもまた

椿を訪ひ来れば静かに立ちいます護国神社はかなしきところ

すずなりの馬酔木《あしび》の白花手折り持ち生《いき》の力をわたしはもらふ

雨に濡れ起こされし田の土黒し寄れば土にほひ雨にほひ立つ

早朝の庭のしづけさ山椒の花に花虻さやとふれゆく

あふのけに眠る猫

山門に雨やどりすれば大杉の下若鹿の寄り合へる見ゆ

興福寺大御堂

鹿よけの木戸入りて見ゆ大御堂《おほみだう》に泰山木のゆらりと白花

大御堂の泰山木の咲きそめて大山《だいせん》の谿の朴の花恋ふ

奈良国立博物館

博物館に官能的と記されし観音二躰おほらかに立つ

空海の伝へし曼荼羅みほとけの美し妖し時には眺む

カレンダーのあふのけに眠る猫のごと午睡せむ入りくる風涼し

一メートルの高さにきほふ庭隅の茗荷《めうが》の群れの夏至のまみどり

力を入れて鳴く蟬

一匹づつ力を入れて鳴く蟬の大波おそふごとき朝のこゑ

蟬の声止みし日ざかり用にゆく石燈籠立つ古き街道

朝顔に青き水音するやうな聞かむと今朝のわが耳すます

送りこし枝豆五キロぷつくりと緑あざらけし素早く茹でむ

なつかしき黄のまくはうり匂ひ立つ少女のはじくるごとき夏の日

法事とは孫のまつりと僧のいふ弟のまご七人寄れば

京都宝菩提院願徳寺

黒き眼の雫《しづく》せしごとエキゾチックな貌の菩薩や夏大原野

美男の像ソグディアナの青年僧如宝を想ふ緑陰深し

唐招提寺

虹色に白雲染めて中空をわたる招提寺の十五夜の月

天平の甍《いらか》の下の三尊は昼さながらに照明に明る

今宵はもまろきはしらのつきかげを見るすべもなし柱に手触る

好きな歌集書き写しゆくわがこころ詩心溜むる水瓶のごと

吾妻山（備後庄原）

今は昔たたら製鉄の池といふいまは水蓮ひつじ草咲く

山霧のおほふ山羊小屋の山羊は聞く草原に降る雨霧の音を

幾重にもかさなりつづく遠き山須佐之男命《すさのを》降《くだ》りし鳥髪あたり

たたなづく出雲遠山雲間より淡き光のさせばかうがうし

空渡り白く流るる天の川を呑まむと巨《おほ》き蠍座《さそりざ》は待つ

越中万葉の旅

朝市にあけびなつめなど並びゐて輪島のまちの秋にほひたり

万葉の舟旅さながら七尾発つ家持に一日《ひとひ》われに三時間

練り絹のやうなる海の水平線に立山連峰高く連なる

うちつけに樫《かし》の実カチンと頭《づ》を打てり昼の春日の森の小道に

樫の実の落つる音せり目つむれば刻《とき》の間おきて処《ところ》たがへて

昨年《こぞ》のわが秋の日のやうに陽に温き黄葉紅葉をまたひろひたり

崖下の渓《たに》川辺に見ゆ身をこがしもみぢふみわけゆきし若鹿

古伯耆の太刀

大江山の鬼の首はねしといふ太刀《たち》伯耆《はうき》の国の安綱《やすつな》作りき

大山の雪のごと光りのびやかに刃《やいば》の反《そ》りし安綱の太刀

磁石もて砂鉄をぴしぴしくつつけし遊びは遙か伯耆の砂浜

黒ぐろとお髭のやうに磁石につく砂鉄は不思議楽しかりけり

豪商の蜂屋一族住まひにし納院町の蜂屋辻子《づし》ゆく

松永久秀に何ゆゑか城へ呼ばれたる蜂屋紹佐は還るなかりき

歳月の過ぎしかなしみ蜂屋辻子枇杷の木下のくづれし祠

Ⅵ　お水取り

お水取り

お水取りの行事始まりし二月堂昼の日あかるき石段のぼる

薄暗き湯屋の竈《かまど》にちろちろと赤き火の燃ゆお水取りの日

食堂《じきだう》に立て掛けられて木の匂ふ籠松明《かごたいまつ》と達陀《だったん》松明

二月堂の昼間に聞こゆ僧衆の祈る声五体投地の音

松明の燃え落ちたりし杉の葉をお守りと拾ふ焦げし匂ひの

お水取り終りし春の戒壇堂四天のお貌ゆるみそめたり

雨の街わたる春鐘《しゅんしょう》ふともいま千年前の音を聞くかな

てんたうむし

かぞふれば七つの星をつけてゐる初夏の網戸のてんたうむしは

神島は『潮騒』の島春潮《はるしほ》は陽の反照に星のごと輝る

引き潮にしめりし砂の上をあるき遠き記憶の桜貝探す

さみどりの楠の若葉のやはらかに空を刷《は》くごと風に揺れをり

強き風に吹き飛ばされじと稚な蜘蛛まだ小さな巣に八手をひろぐ

コロナウイルス蔓延する

人絶えし街に店を開《あ》け若き娘《こ》のはたらきてをり灯のともるごと

坂のぼりくだる行く手に塔の影見え隠れする奈良町の道

観光客増えきて怖し水無月の菓子を購ふ日曜日の街

降る雨に山椒の青実は透明なしづく垂れつつしづかに肥る

直球に飛び来て刺す蚊よ覚盛上人にあらざる我は叩きつぶしぬ

雨来ると知りたるやうな鳥たちのくぐもるこゑす水無月の朝

青空

青空を存分に見たるまなこして蟬の死にをり庭木のもとに

旅館《やど》の前に夏の夜明かす鹿の群れへ小さく声かけ池をめぐりぬ

吹く風にさざ波立ちし池の面の塔の九輪の影砕けたり

召し上がれといはむばかりに西瓜《すいくわ》一箇地蔵の前の道に置かれる

彼の世にて何を恃まむ縁ありて地蔵の赤き前垂れを縫ふ

ふくらめる栗の青実の小坊主のいがぐりあたま風はなぶりて

水をやる如雨露のさきに鉦叩き飛びのりきたり秋のこの朝

ころあげて大楠の枝とび交へるひよどり一日《ひとひ》暗くなるまで

はげしかりし雷雨ののちに虹立ちぬ飛鳥は虹の根のあたりらし

とぶとりの飛鳥をわたす夕の虹朱鳥《あけみどり》元年女帝立ちたり

ネット越え自在に伸びしゴーヤの蔓見つけそこねし実の黄の熟れて

高畑福智院

道すがら読経の聞こゆおん目もときりりと涼しき地蔵おはして

通りがけの我なれど僧は数珠《じゅず》繰りに入れくれぬごく自然のふうに

太く長き数珠われらの輪は回しゆく正午の鐘の遠わたりきて

小夜時雨止みゆくころを蟋蟀の啼く声はつかうるほひ帯びぬ

木道（秋の大山《だいせん》）

薄日さす山の斜面のもみぢ初《そ》めやさしきかたち象山《ざうやま》といふ

ちまき笹青あを茂れば祖父の採り母のつくりし粽偲ばる

湿原の木道《もくだう》に佇てばしんしんと身の内にゆきわたる秋風

をみなへし、をばな、りんだう、ふぢばかま、蓼《たで》もかはゆし木道をゆく

来るたびに群落ふやし芯つよき秋の女神とふまつむし草は

旅の途に吉備郡真備町ありて吉備真備《きびのまきび》の碁石を飲む絵巻

若草山

籠り居に秋を惜しみてドライブに若草山の山頂までを
遠見ゆる畝傍、耳成、香具山と声にし言へば美しき言葉

指呼の間の御蓋山《みかさやま》浮雲の峰は春日社の神降り立ちましき

山頂のうぐひすの陵めぐり飛ぶ遠世の息はくごとき黄の蝶

この秋の最後に残れる虫の声窓を開くれば鉦叩き啼く

雛

曾祖父の残しくれける奈良人形雛《ひひな》をかざる風花とぶ日

笏《しやく》欠くる男雛なれどもわれ知らぬ家の歴史を秘めてゐるらむ

二月堂修二会のころを咲き初《そ》めてわが庭の今朝白椿ゆたか

真つ白き障子ふるはせ聴えくる修二会の僧の祈りの声は

ひとかけらの埴輪を洗ふに零れ立つ遙けき時代《とき》の土の匂ひよ

欠けし埴輪を素手に洗へば遠き世のこの土塊《つちくれ》をつかみし手の顕つ

弥生ついたち堪《こら》へきれずと言ふやうに辛夷《こぶし》の蕾ほどけ始めぬ

青空を描く看板立てかけて路地裏の奥糞虫館あり

遠き日の自然観察教室にわが子と採りきルリセンチコガネ

ルリセンチコガネは瑠璃にかがやきて鹿の糞喰ひ奈良公園に棲む

しづかなる春の雨降り山椒の若葉はうごくともなく伸びゆく

楠の大樹

裏の寺の大楠の枝けふ伐らるロープを使ひ山人《やまびと》の仕事

「鳥総《とぶさ》立て」しきりにわれの問ひしゆゑか幹のてつぺん小枝残さる

枝伐られあらはになりし楠の幹なんとたくましき太き骨格

流れゆく春の雲あり腕をひろげ阿修羅のごとく立つ幹のうへ

幹のみの大楠の枝さはに張るは何時の日ならむ鴉も待たむ

二十歳になる孫娘

春日山やまざくら咲きて明るきを背に二十歳《はたち》になる娘の写真を撮りぬ

浮見堂に母あつらへし着物に立つ女優の杏《あん》によく似たる娘《こ》よ

奈良町に越しし奈良地方気象台春天にまはる風向計は

植物季節観測用標本とある気象台の庭のタンポポ

元興寺の掘り出だされし幾千の供養塔のうへ桜花《さくらばな》散る

中世に智光曼荼羅の信仰があった

元興寺は極楽浄土であつたはず桜散りつぎ声なき石塔

散りつもる桜はなびら掌にすくひ零せば春のをはる寂しさ

梅雨の雨に一羽の鴉の水浴びる無心のときをみつめゐたりき

徳融寺にて

老院と話のはづむ水無月の風とほりくる庫裡《くり》の夏障子

小さき旅

二上、大和三山、三輪《みわ》、春日《かすが》見つつまほろば線にいつときすごす

王寺出で京終《きやうばて》駅までいにしへを遡るごと小さき旅せり

生駒《いこま》より龍田《たつた》につづく道を行く梅雨明け告ぐるキリギリスのこゑ

平群《へぐり》谷に長屋王墓あり遙かなるときより村の民の伝へぬ

歩くには思はぬ暑き昼間にて畑の小屋に小菊を買ひぬ

東京オリンピック二〇二〇

躍動の瞬間髪が宙に舞ひ火の鳥のごとし大坂なおみ

赤や黄に染め丁寧に編みあげし髪に込めけむなおみのこころ

古墳をいだく村

長雨のたつぷり沁みし蟬の声かろやかならず盆の墓原

近づけば稲田より落つる水の音古墳をいだくしづかなる村

秋空は青くどこまでもひろがりて稲穂たるるうへ蜻蛉《あきつ》むれとぶ

冷えこみて掛け蒲団ひとつ足す夜半庭に蟋蟀の声のすだける

枝伐られ実をむすび得ぬ大楠に渡りきて鳴くあはれひよどり

湯上がりにゆつくり図鑑をひらき調ぶ田の畦に採りし秋の草ぐさ

刈り小田の畦を歩けばおどろきて蝗《いなご》飛び散るあかまんま赤し

興福寺南円堂

一年に一日のみの南円堂の観音を拝す秋雨すぎて

堂の内占めるごとくに躰《たい》太く坐す観音のオーラよ　満ちて

ときをりは観音を閉ざす戸の前に立ち祈るちちははを思ひて

枝がない実がない楠にひよどりは庭にゐるわれを責むるごと鳴く

Ⅶ　夢殿

法隆寺夢殿

救世観音なまなましきと思ひ見る金網の隙《すき》に顔ちかづけて

うまやどのみこを写しし観音像のちの一族のほろぶを知らず

暮れ方の中宮寺にて庭に見るやすらぎのごと黄の菴羅樹《あんらじゅ》の実

薄き陽に見えくる菩薩の像の背は水の流るるごとくくぼみぬ

ぽとり落ちいきほひあまりころころり樫のどんぐり春日野のなか

樫の実の落つる音して昼静かましして思はる夜のその音

冬の日は恩寵のごとく園庭に差しきて声あげ遊ぶ子ら見ゆ

昆布巻きの鰊《にしん》のかをり満ちたればわれの厨はほのぼのと海

とんど焼きならね細ほそと庭に焼く注連飾り新藁にほひきて

第六波《コロナウイルス》の来む汀《みぎは》なる玄関に除災の赤き祈禱札《ふだ》貼る

近づく春

雪散らふ今朝桜草のつぶつぶと幼な蕾の立ちあがる見ゆ

寝ねがてにゐる夜に来て冬雷のしばらく鳴れどいつよりか止む

晨朝の鐘の音聞こゆ冬の夜に清められたる冷気を裂《さ》きて

朝なさな聞こゆる鴉の鳴く声の強さ増しつつ春の近づく

籠り居のこころほどけ来裏庭の黒土を這ふはこべさみどり

めじろ二羽椿をしづく雨露に青羽濡れつつ蜜を吸ひをり

春の夜に雨戸を鳴らし風渡る樹々のたましひ蠢《うごめ》きゐるか

腰椎の圧迫骨折になりたればこののちのわが歩みあやふし

庚申堂

青深き青面金剛《しやうめんこんがう》守りたまへ病魔退散せる力もて
ここでもう五たびの祈り朝まだき街を歩けば神仏おはす

浮見堂の桜

咲く花を見むと娘らに春昼を浮見堂へさそはれ来たり

強き風に吹き寄せられし花筏鷺池の面を行きつ戻りつ

ひとときの桜吹雪の花びらがベンチに坐るわれをつつめり

風渡りさざ波立ちし池の面を宝石のごと光跳びかふ

地《つち》に落ちしさくら花びら食みし鹿の夢にも桜散り交ふならむ

ふいに来て鴉一羽の水を浴むあたりかまはぬ水しぶきあげ
花蘇芳《はなすはう》巡るくまばちの羽音せはし真昼の庭のぬくき日差しに

元興寺塔跡

もしあらばと礎石の上のまぼろしの塔あふぎ見る薄日差す空

天平の礎石の上を黄蝶越え紋白蝶越え雀らも越ゆ

昨夜《よべ》の雨溜めし石道に鎌倉の世の石燈籠おほらかに立つ

洞《うろ》を持つ黐《もち》の木の下ゆつくりと時の過ぎゆく仏足石《ぶつそくせき》あり

屋根伝ひ電線伝ひ小雀の飛べるつばさのまだつよからず

井戸の辺を離《か》れては留《と》まる麦藁蜻蛉《とんぼ》雨にうるほふ大気にあそぶ

小路ぬけし小公園に狂言大蔵流宗家跡の碑のあり

公園の白詰草の咲く草生雀らいくつ見え隠れせり

純白の目に沁むばかりの梅花空木《うつぎ》朝戸あくればあふれ咲きをり

朝道に梅の実のほのにほひきて八百屋の店主小梅漬けをり

紫陽花《あぢさゐ》の花に動かぬ花むぐり碧き海中《わたなか》の夢を見をらむ

羽化を終へ飛びたつ命の気配する蟬のかそけき羽の音聞く

空腹の地獄の餓鬼も足りたらむ施餓鬼会《せがきゑ》済みし寺の夕光

坐りゐて露ひかる草生に掌をおけば青き生気が身のうち走る

母鹿

寺庭の木槿《むくげ》咲く下に立つ鹿よ黒曜石のやうな眼を向けぬ

秋天の透きし光に赤みさしはやさびいろに街は暮れゆく

秋萩の風ふくままに撓ひゐてやがてはもどる強さ見てをり

朝時雨やみし御霊社灯明りに七五三参りの子らを待ちをり

路地を飛ぶ雪虫目守《まも》れば疎開地の雪降りし日の白き光よ

読みさしの三浦しをんの『舟を編む』今日テレビにて映画に視たり

藜の実をすつかり鳥の喰ひしころ蝸牛《くわぎう》はねむるその洞《うろ》深く

ゑのころの枯実喰はむと来し鶲《ひたき》緋色まばゆし冬陽のなかに

山茶花の蕊に白雪ほのつもり花のくれなゐきはまる朝

数十羽の雀さへづる幹太き銀杏のこずゑ寒の陽だまり

魚の粗《あら》ひつそり啄む鶺鴒《せきれい》の冬の魚屋の店先静けし

垂れ下がる小末《うれ》は小さき花芽もつ大島桜くぐりてゆけば

水煙の上なる空は春の色はるか霞みて昼月うかぶ

一本の辛夷咲きみちその下の地蔵の思はぬあかるさに遇ふ

でくはせばつと身構へし母鹿の子を護らむとこころの透ける

跋

仲つとむ

仙田由美子さんから、傘寿を迎えたのを機会に、いままで歌を作ってきた証しとして、歌を纏めたいとの相談を受けたのが昨秋であった。

仙田由美子さんは、口数の少なく温和でやや控え目、しずかな女性、というのが私の印象である。だから、この申し出をとても嬉しく受け取った。

仙田由美子さんのお住まいは奈良である。奈良市のなかでも奈良町といわれる地域である。奈良町は、奈良市の南の方角、平城京の外京と呼ばれる場所に位置し、平安時代末期には寺社にかかわる人々によって形成された文化ゾーン的な性格をもつ一画である。わが国の文化の発祥の地である。この地域一帯は独特の雰囲気を醸し、そのやわらかさには、羨望の思いを持っており、私としても特別親しんでいる町である。

春日講頭屋《しゅんにちかうたうや》の床《とこ》に灯の入れば春日の神は春呼びたまふ

歌集に収められている四百首あまりの歌の半数以上が、その奈良を歌い、奈良の神を歌い、仏たちを歌い、そこで生れ、育まれてきた風習を歌い、歴史を歌っていることに、親しさと、尊敬の念をおぼえるのである。さらに、未来に向けて歴史を育てていこうとする仙田由美子さんの気構えであろうか。このまっとうなお気持には圧倒される思いがする。

奈良を詠んだ詩歌の人たちは多い。例えば芭蕉は「菊の香や奈良には古き仏たち」と詠んでいるが、この歌集からは芭蕉のこの奈良愛を越えた仙田由美子さんの奈良愛がほのぼのとうかんでくる。

冷気満つる冬のみ寺の楽菩薩笑ろうておはすわが胸ぬくし
洞《うろ》を持つ黐《もち》の木の下ゆつくりと時の過ぎゆく仏足石《ぶっそくせき》あり

私は仙田由美子さんのもつ奈良愛や、古代史の博識のみなもとはどこに根源があるのだろうかと、つい探ってみたくなる。

仙田由美子さんは、昭和十七年、尼崎市の出身である。この年は太平洋戦争のまっただ中、戦局はわが国にとって決して利あらずして、お生まれになってすぐに鳥取県東伯町に疎開して幼女期をそこで過ごしたという。それは、たたかいが終ったのちも、小学校を卒業するまで続いた。一番大切な少女期を海や山に近く、豊かな自然の中で育ったことが、仙田由美子さんに及ぼした影響は計り知れないものがあるに違いない。このことが情緒や感性を育て広い心を養っていったのかも知れない。そこは、出身地の尼崎よりも、よりふるさと的であり、郷里であった。そのなかでも、日々仰ぎ、遊びまわった大山はもっとも思い出の多い場所であったのだろうか。奈良に住んでからもしばしば、なつかしみ訪れている。また、歌にも歌われている。

朝食を終へし登山の一団がてんでに靴紐しめなほす見ゆ
雪解けの水清き池に蛙《かへる》鳴くその高き声あんぐわい美声
をみなへし、をばな、りんだう、ふぢばかま、蓼《たで》もかはゆし木道をゆく先にも奈良を歌った歌が多いことはふれたが、その奈良に居住したのはご結婚が機縁となり、ご主人の生家に転住する。この契機は、仙田由美子さんのなかに眠っていた古代史への憧れが行動へと傾倒し、それを一気に具現化させていったようだ。即ち、子育てにも一段落した時期を見計らって佛教大学に入学。学芸員の資格を取得。ここで奈良国立博物館の解説ボランティアや、奈良市埋蔵文化財調査センターのボランティアを勤める。奈良は努力家の仙田由美子さんに、まさに恰好の場を提供したのだろう。

　春日《かすが》なる森の闇より「おうおう」と声してまつりの神のあらはる
　天平の甍《いらか》の下の三尊は昼さながらに照明に明る

一方、短歌については、平成十六年、奈良在住の鏑木正雄先生の「短歌教室」に入門したのがきっかけで短歌への思いに道筋をつけ、平成二十二年あらためて「日本歌人」に入会し現在にいたっている。歌の多くは、自然や風習のなかから万物への賛歌であり、その殆どが純粋で生き生きと描かれ美しい。

心臓がパクパクするぜと言ふがごとジギタリスの葉わしわし食ふ虫

弥生ついたち堪《こら》へきれずと言ふやうに辛夷《こぶし》の蕾ほどけ始めぬ

仙田由美子さんにとって短歌とは、自然との結合であり、古代から現代を経て、果てしなく続いて行くであろう未来への一点に明りを灯す存在でなかろうか。奈良の神や仏たちの隣りで春秋の歌にしたしんでいる。

今回この歌集『春鐘』が世に出ることとなったことは大きな喜びである。いくつになっても、世のなかがどんなに変ろうとも四季があり、花が咲くように、この歌集のもつ抒情は変らないだろう。真の奈良を生きるひとりとして地の神や、仏に対し尊厳と敬虔な祈り、自然と地の風習、それを伝承しようとする精神性は、この歌集を手にとった人々に伝わり讃頌されていくことを確信する。

歌集の出版を心から祝福し、さらに多くの読者の心魂をゆさぶって止まないことを切に願うのである。

あとがき

『春鐘』は私の第一歌集です。私は八十路を迎え、短歌に親しんできたことの証しを残したいと思い歌集を上梓することに致しました。

私は太平洋戦争の戦時下に兵庫県尼崎市に生まれ、まもなく鳥取県東伯郡東伯町（現在、琴浦町）の小さな町に疎開し、小学校卒業までその地で過ごしました。海、山が近くにあり、豊かな自然の中で育ちました。短歌への思いの原点になっているのではないかと思っております。

結婚して夫の生家、奈良市の旧市街、奈良町に住んでいます。奈良町は東大寺、興福寺、今日では昔の面影もない元興寺の大寺や、春日大社などの寺社を中心とした深い歴史のある静かな町です。

歌集名『春鐘』は集中の一首「雨の街わたる春鐘《しゅんしょう》ふともいま千年前の音を聞くかな」から採りました。朝、昼、夕に興福寺南円堂の鐘の音が聞こえてくると、この町に住んでいるからこそ持てるよろこびのような何か判らぬ感動に心が震えてきます。

私の歌の出発は、子育ても一段落した平成十五（二〇〇三）年に京都の佛教大学で学芸員の資格を取り、すぐに奈良国立博物館の解説ボランティア、その後奈良市埋蔵文化財調査センターのボランティアになり、それと時を同じくして、平成十六年に躊躇ばかりしていた短歌を始めようと決意し、「日本歌人」の鍏木正雄先生が講師をされていた「奈良県婦人会館短歌講座」の受講にあります。さらに、平成二十二（二〇一〇）年に「日本歌人」奈良歌会に入会しました。今年で十四年になります。

「日本歌人」に入会後、まもなく鍏木正雄先生がお亡くなりになりました。平成二十八（二〇一六）年に縁あって、かつて私の母校である大阪の新北野中学校の先生であり「未来」の間鍋三和子先生の短歌教室「縄葛《つなね》」にも入会、ご熱心なご指導を受けてきましたが、先生は昨年二月にご病気で亡くなられました。その六年間にわたるご指導には心より感謝しております。

この歌集には鏑木正雄先生の短歌講座と「日本歌人」誌に掲載のなかから四百三十五首を自選しました。配列はおおよそ制作順です。旧仮名表記を用いています。

前川斎子先生にはお忙しいなか過分な序文をいただき有難うございました。また歌集を上梓するにあたりましては、仲つとむ様に、最初から最後まで多くの助言と励ましを、また跋文までいただきました。厚く御礼を申し上げます。

最後になりましたが、出版の一切の労をとって頂きました青磁社の永田淳様には、厚くお礼を申し上げます。

令和六年三月二十五日

仙田　由美子

日本歌人叢書

歌集　春《しゅん》鐘《しょう》

初版発行日　二〇二四年五月二十七日

著　者　仙田由美子

奈良市西木辻町二六七（〒六三〇—八三二五）

定　価　二五〇〇円

発行者　永田　淳

発行所　青磁社

京都市北区上賀茂豊田町四〇—一（〒六〇三—八〇四五）

電話　〇七五—七〇五—二八三八

振替　〇〇九四〇—二—一二四二二四

https://seijisya.com

装　幀　大西和重

印刷・製本　創栄図書印刷

ISBN978-4-86198-592-8 C0092 ¥2500E